FICTIONS

ET

VÉRITÉS POLITIQUES.

PAR M. LEDUC,

Ancien Capitaine d'artillerie.

RÊVE

D'UN

CROYANT AU PROGRÈS,

DÉCEPTION

HUMBLE SUPPLIQUE

A Messieurs les Pairs et Députés,

ET

L'ŒUVRE DE PÉNÉLOPE,

OU

LA RÉVOLUTION FRANÇAISE.

PAR M. LE DUC,

ANCIEN CAPITAINE D'ARTILLERIE.

BLOIS,

TYPOGRAPHIE ET LITHOGRAPHIE DE CH. GROUBENTAL,
RUE BEAUVOIR, 44.

1841

25929

RÊVE

D'UN CROYANT AU PROGRÈS.

Épilogue de la Fable.

LE POUVOIR DES FABLES,

Adressée par Lafontaine, à M. de Barillon, ambassadeur.

« Nous sommes tous d'Athène, en ce point, et moi-même,
» Au moment où je fais cette moralité,
        » *Si* Peau d'Ane m'était conté,
        » J'y prendrais un plaisir extrême :
» Le monde est vieux, dit-on ; je le crois, cependant
» Il le faut amuser encor comme un enfant. »

Voilà ce qu'écrivait autrefois Lafontaine,
        A l'un de nos ambassadeurs.
Ainsi pour gouverner la pauvre espèce humaine,
On eut long-temps recours aux conteurs, aux jongleurs,
De nos jours ce serait une imprudence extrême
        D'user d'un semblable système ;

Nous n'avons plus la grâce et la douceur
De nos ayeux, ni leur docile humeur,
Et dans Paris, alors moderne Athène,
Chacun gaiment portait sa chaîne.
Le pouvoir s'exerçait avec facilité.
Époque de grandeur et d'affabilité !
L'âge suivant de faiblesse et de vice,
Vers sa fin vit ouvrir cette terrible lice
Où tout vint se briser près de la liberté.
Ensuite apparut un grand homme,
En cent combats toujours vainqueur.
Lui, nos aigles et nous semblions tous de Rome.
Et cet enfant hélas ! un successeur !
Mais de la guerre agrandissant l'arène,
Le héros succomba sous un climat fatal.
Désastre affreux qui n'eut jamais d'égal.
Maintenant on ne peut, ni nous dire d'Athène,
Ni nous dire de Rome : adoptons donc Paris.
Pénétrons nous de la force morale
Acquise à notre capitale,
Par les nobles labeurs, les éloquents écrits,
De tant de généreux esprits ;
Par dix lustres d'efforts pour vaincre l'anarchie,
Fonder nos libertés, rétablir l'union,

Et faire triompher du siècle le génie.

Que la France soit grande avec l'opinion ,

Paisible si l'on veut, mais civilisatrice,

Dont l'Europe déjà reçoit l'impulsion.

Que notre destinée aujourd'hui s'accomplisse !

Guidons du genre humain la marche et les progrès ,

En versant à grands flots la plus pure lumière.

Ouvrons à la pensée une vaste carrière ;

Que les peuples instruits sur leurs vrais intérêts ,

Effrayés de se voir sans cesse les victimes,

De leurs propres fureurs et des fautes des rois ,

Veuillent, pour arrêter le cours de tant de crimes ,

Se reposer un peu sous légide des lois !

Afin que leurs effets soient heureux et durables,

Qu'aux forts comme aux chétifs elles soient favorables ;

Et que, pour obtenir quelque paix ici bas ,

La sagesse préside aux destins des états.

     Cette espérance est elle vaine ?

Va-t-on sans savoir où ? L'on chemine pourtant.

Non, je n'approuve pas ce qu'a dit Lafontaine :

Que le monde soit vieux , je n'en suis point en peine.

Qu'il le faille amuser encor comme un enfant ,

C'est, je puis l'affirmer, ce qu'auront peine à croire ,

Ceux qui de ces temps ci voudront lire l'histoire.

Après nos révolutions,
Ce n'est plus de contes frivoles
Qu'on amuse les nations,
Il leur faut de graves paroles.
Trop long-temps comprimé chez les peuples divers,
Le germe, enfin des vérités sublimes,
En se développant soulève l'univers;
Il couvre les profonds abîmes
De l'ignorance et de l'erreur,
L'œuvre devient plus digne alors du Créateur.
Je veux bien avouer qu'en suivant ces doctrines,
Les couronnes des rois auront quelques épines;
Mais à ce prix ils gagneront nos cœurs,
Et seront proclamés du monde les sauveurs.

DÉCEPTION,

DE 1830 À 1839.

Autre Épilogue de la Fable.

LE LOUP DEVENU BERGER.

« Le pauvre loup ne put, ni fuir, ni se défendre.
» Toujours par quelque endroit fourbes se laissent prendre.
   » Quiconque est loup agisse en loup,
    » C'est le plus certain de beaucoup. »

Hommes fourbes, cruels, loups de la grande espèce,
   Le conseil que l'on vous adresse,

Est dangereux pour vous. Pourtant si je le dis,
  Ne croyez pas qu'à vous je m'intéresse ;
  C'est que je suis d'un autre avis.
J'expliquerai comment : au jour de ma jeunesse,
Nous eûmes à souffrir de gens pareils à vous.
Ils célébraient alors d'horribles saturnales.
Comme d'autres je dus hurler avec les loups ;
Et nous vîmes de près ces affreux cannibales,
  La cruauté de ces animaux là,
  Vous le savez, jamais ne s'oubliera.
Sur la plupart un jour sonna l'heure suprême,
      Et notre joie en fût extrême.
Agir en loup comme eux n'est pas le plus certain ;
Car tout excès bientôt doit avoir une fin.
D'autres loups ont depuis fatigué notre France,
Peut-être moins cruels, tenant plus du renard,
      Doués d'adresse et de prudence,
      Sachant nous tromper avec art,
  En abusant de leur intelligence.
      Plusieurs sont d'inconstante humeur,
  Même souvent ils changent de couleur.
Aussi connaissons-nous, la chose est bien certaine,
Plus de sortes de loups que n'en vît Lafontaine ;
Je puis donc mieux que lui juger de ce qu'ils sont.

C'est, je l'avoue, un fort triste avantage.
Mieux vaudrait, vous contant tout ce que ces loups font,
Imiter ce naïf, ce pur et beau langage,
Dont, en nous captivant, sa muse fit usage.
Je le souhaite en vain ! A nos loups revenons :
Loups plus méchants que ceux redoutés des moutons.

    Depuis le loup qui demande l'aumône
Avec le gît, et vient la nuit nous égorger,
Jusqu'au grand loup du nord porteur d'une couronne,
      Et qui sans paraître y songer,
      Dévore ce qui l'environne,
      Il est des loups de tous les rangs :
      Loups belliqueux, loups conquérants,
      Ardents chasseurs de chair humaine
      Sur les hauteurs et dans la plaine ;
Et les voleurs de rue et ceux de grand chemin ;
    Loups affamés, maigres sans lendemain ;
Ces gros loups enrichis vivant dans l'opulence,
      Et sans pitié pour l'indigence ;
    Cet égoïste sec toujours pensant à lui
      En s'emparant du bien d'autrui ;
Et cet adroit fripon qui pour briller dérobe ;
Puis tout vil intriguant, quelle que soit sa robe,
Qui, sous le frac ou sous un riche habit,

Sans nul remords se vend, damne son âme,

Loin que jamais le gibet le réclame,

Il devient loup puissant jouit d'un grand crédit.

Enfin vous tous brûlés de passions infâmes,

Sachant ourdir les plus coupables trames,

Loups assassins, empoisonneurs,

Apparaissez, exercez vos fureurs.

Plus de supercherie et de métamorphose ;

Ne vous contraignez point, agissez tous en loups ;

Nous ne voulons rien autre chose.

C'est se moquer, (diront ceux d'entre vous

Que je veux signaler et qui semblent plus doux),

Quoi ! s'entourer d'innocentes victimes,

Après avoir commis ces crimes,

Sans craindre d'exciter du public le couroux !

Oser s'abandonner au caractère atroce,

A tous les appétits d'une bête féroce ;

Ah ! nous avons trop de pudeur.

Dailleurs nous craignons la justice,

Et son nom seul est pour nous un supplice.

Nous préférons user de feintes, de douceur,

En nous couvrant d'une honnête apparence ;

La chèvre avec le chou savoir nous ménager ;

Prendre, à l'occasion, le ton de l'innocence ;

Mieux que ne fit le loup s'habillant en berger,
　　Dout Lafontaine a fait une charmante fable.
　　Mais sa moralité nous paraît détestable,
　　　　Et ne s'aurait nous diriger.
　　　　La ruse offre moins de danger,
　　　　Quoique le fabuliste dise.

Plus d'un brigand habile et qui de rien n'a peur,
Passe pour honnête homme, en jouant la candeur ;
Le fourbe réussit imitant la franchise.
　　　　C'est ainsi, profonds scélérats,
　　　　Que vous vivez impunis ici bas,
Et savez-vous soustraire à la vengeance humaine ;
Mais à celle d'en haut vous n'échapperez pas.
　　　　Il est sans doute une autre peine.
　　　　Vous souriez? ah ! vous n'y croyez point ;
　　　　Je n'osais affirmer ce point.

Le cynisme de l'or est l'incurable plaie,
De notre corps social, et chacun s'en effraie.
Il éteint dans les cœurs tous nobles sentiments;
Dénouement trop fatal de nos drames tragiques
Où, tandis qu'on voyait mourir amis, parents
Dans de tristes combats sur nos places publiques,

Au monde nous donnions de lourds gages de paix,
Palpitants et couverts du plus pur sang Français.
A nous détruire usant ainsi notre énergie,
L'étranger profita de nos jours d'anarchie,
      Un traité funeste à la main :
        Des Alpes et du Rhin
      La limite nous est ravie.
Nos plus braves alliés de nous abandonnés,
Sous le joug moscovite; hélas ! sont enchaînés ;
      L'Autriche règne en Italie,
      Et la Prusse s'est agrandie.
      L'Anglais a l'empire des mers,
Puis, pour nous consoler de nos anciens revers,
A la France on a dit : Vis en paix et sois sage.
Pour moi je ne veux pas en parler d'avantage.
Critiquer un chef-d'œuvre et sa moralité,
C'est sans doute au bon goût, faire un coupable outrage ;
Mais de certaines lois braver l'autorité,
      Ce ne serait un badinage....
Triste déception ! Source d'amers regrets !
      Pour tout crédule, amateur du progrès.

HUMBLE SUPPLIQUE

A Messieurs les Pairs et Députés,

ou

DERNIER MOT EN 1840.

———◦———

La république honore la vertu (1),
 Jadis on s'en est aperçu.
Le mobile est l'honneur dans une monarchie ;
 On doit lui consacrer sa vie.
Mais au gouvernement constitutionnel ,
 Attribuons l'un et l'autre principe ,
 Puisque des deux il participe ,

(1) On parle ici de la vertu politique ; elle consiste à faire le sacrifice aux intérêts généraux de ceux individuels et de localités.

Pour faire prospérer notre mode actuel ,
Vous qui vous essayez entre ces beaux systèmes ,
Et que l'on voit souvent heurtés par les extrêmes,
De peur que notre espoir ne se trouve déçu,
Il vous faut à l'honneur ajouter la vertu,
Quelque savoir et de l'expérience.
Alors on nous gouvernera ,
Avec science et conscience.
Nous n'aspirons rien qu'à cela.
Pairs et législateurs que la France contemple ,
Donnez un sage et bon exemple.
Plus d'intrigue, de brigue et de séduction.
Nous ferons respecter la grande nation ,
Sans de Janus ouvrir le temple ;
Il suffira chez nous d'établir l'union,
On est bien fort quand sur elle on se fonde.
Si de fâcheux voisins , loin de nous imiter,
Dans notre marche un jour veulent nous arrêter;
Si , malgré tous nos vœux , de Mars la foudre gronde ;
S'il faut encor armer nos bras,
Comme autrefois nous aurons des soldats.
Ne désespérons point de l'avenir du monde :
Il ne rétrogradera pas.

L'ŒUVRE DE PÉNÉLOPE,

OU

LA RÉVOLUTION FRANÇAISE.

———◆———

Je suis vieux et frondeur, je me plains ou je gronde ;
On se dit : d'où vient-il, est-ce de l'autre monde ?
Il prêche un vertueux désintéressement ;
  Parbleu ! c'est choisir le moment !
Si vous pensez, lecteur, qu'on en soit incapable ;
Qu'y croire, soit ici, se leurrer d'une fable ;
  Que je manque de jugement,
  Je vous répondrai simplement :
Quand la réalité nous semble désolante,
  On se distrait par des illusions,
  C'est un besoin pour une âme souffrante
Je vais donc recourir encore aux fictions.
Si notre royauté constitutionnelle
  Avait, parmi tant de princes régnants,
   Des camarades qui, pour elle,
   Fussent des amis vrais, puissants ;
S'ils adoptaient la louable méthode,

Celle que suit notre monarque élu,
De ne plus gouverner par cet inique mode,
Que nous nommons le pouvoir absolu;
Si les grands souverains par le droit de naissance,
Octroyaient de bon gré des Chartes, comme en France
Pour prévenir les effrayants malheurs
Des révolutions, leurs crimes, leurs fureurs,
On pourrait avec eux avoir une paix stable;
Nous cesserions enfin de bâtir sur le sable.

Rien ne saurait plus s'opposer

A ce qu'on pût réaliser,

Dans ce grand siècle de lumière,

Le beau projet de l'abbé de Saint-Pierre.

Les mêmes institutions

Servant de lois aux nations,

En tout lieu retentit l'écho de la tribune.

Le pouvoir de la vérité

S'accroit par la publicité.

Pour la typographie, amis, quelle fortune!

La politique est sans secrets,

Chaque peuple tout haut défend ses intérêts;
Les vœux ambitieux, les projets de conquêtes
Étant prévus ne peuvent réussir.
On voit les nations au contraire s'unir,
Pour célébrer d'un grand pacte les fêtes,

Et l'on entend de toute part bénir
　　　La douce et bénigne influence ,
　　　Qu'exerce la puissante France ,
Merveille de civilisation !
On l'admire , elle atteint à la perfection ,
　　　En ne formant qu'une grande famille ,
　　　Où , par la vertu seule on brille ;
Où de vils intérêts et la cupidité ,
　　　Doivent fléchir devant une stricte équité ;
　　　　　Où le bon droit et la justice ,
　　　　　Ne sont point soumis au caprice ,
Où mû par un élan toujours national ,
Rien ne se fait que pour l'intérêt général.
　　　　　Aucuns partis ne nous divisent ;
Jaloux de propager nos lois , nos libertés ,
On ne nous voit jamais de troubles agités.
　　　Tous nos voisins avec nous sympathisent :
Enviant notre sort les bonnes gens se disent :
Imitons les ; leurs actes sont meilleurs
　　　　　Que tout ce qui se fait ailleurs.
　　　　　C'est cette belle propagande
Que notre siècle attend , que l'univers demande ;
En l'adoptant le monde est vraiment en progrès.
Quels flots de beaux écrits , d'éloquentes paroles !
Tout est soumis à l'ascendant français.

Nous évitons la guerre en formant des congrès.

La paix se fait par protocoles,

Et pour ne plus armer nos mains ,

Nous transformons le fer en merveilleux chemins.

L'érain , jadis des rois la raison la dernière ,

Devient une vaste chaudière

Où se comprime la vapeur.

On ne connait plus de distance.

Chaque homme d'état de la France

Peut devenir illustre voyageur,

Donner des rendez-vous jusqu'es au bout du monde

Et s'y trouver à la seconde.

Notre grand diplomate Thiers (1),

Muni d'un sauf-conduit qu'il tient de l'Angleterre,

De l'Europe parcourt environ les deux tiers ,

Au Bosphore se rend, voit Méhémet au Caire,

Et termine à lui seul de l'Orient l'affaire.

Mauguin est à Caboul pour observer les faits,

Voir arriver le Russe et s'avancer l'Anglais.

Dans un prochain voyage assez près du tropique,

Le général Bugeaud pacifiera l'Afrique.

Molé se rend chez les Prussiens,

Ensuite chez les autrichiens.

(1) Voir ses discours avant d'être ministre.

Puis doit, dit-on, se fixer en Russie,
Pour étudier mieux le grand art de régner.
Un bon nombre de pairs mus par la sympathie,
A le suivre partout doivent se résigner.
Soult, on ne dit pas où, veut apprendre à Raguse,
   Et sans mauvaise intention,
   Comment un maréchal en use
   Avec l'émeute et la rébellion.
L'honorable Berrier, nous reste en notre France,
Pour nous persuader par sa mâle éloquence,
Qu'on pouvait allier en toute vérité
Le bon droit, la justice avec la liberté.
Pendant que l'on nous rend les cendres d'un grand homme,
   Et qu'on lui prépare un tombeau,
De Lamartine va se plaindre au pape à Rome
Qu'en un fétide égout repose Mirabeau ;
Qu'à cet égard aussi pour Bailly, Lafayette,
   Notre indifférence est complète ;
   Mais comme a dit certain meunier :
« Qui pourrait contenter tout le monde et son père. »
En révolution surtout qui peut nier
Qu'il ne soit pas aisé de tout concilier ;
L'un perd et l'autre prend ; l'un gémit l'autre espère,
  Le plus habile arrive le premier :
Celui qu'on nous amène en fut je crois la preuve ;

Que n'est-elle vivante ! Au diable soit sa veuve !
Songeant à ce héros de tous abandonné ,
  A ses malheurs, à ceux de la patrie ,
A prendre un autre ton je me vois amené ;
Il me faut faire trève à la plaisanterie.

  Dans mes amplifications ,
Je montre mon pays plein de perfections ,
  Quand on y voit peut être le contraire ;
Mais souvent pour atteindre un mieux imaginaire ,
  On s'amende en réalité.
Et j'offre à ce sujet de bons avis à suivre ,
  Qu'à vos réflexions je livre ;
Profitez en., car sans trop de sévérité,
  On peut vous dire avecque vérité ,
Combien n'avez-vous pas vous mêmes mis d'entraves,
  A vos succès par les fautes trop graves,
Qu'à vos pères, à vous on pourrait reprocher ;
Mais entre soi vraiment il ne faut se fâcher,
Et d'un voile prudent , lecteur, je m'enveloppe.
Puis n'étant pas pourvu des dons de Calliope,
  Je ne pourrais retracer dignement ,
En style poétique , en beaux vers sans emphase
  De notre époque chaque phase ;
Je me bornerai donc à dire ici comment ,
Quand vous fûtes à l'œuvre, imitant Pénélope,

Non pas comme elle, en détruisant la nuit,
Votre ouvrage du jour, mais aux yeux de l'Europe.

En plein soleil, avec grand bruit,
En faisant, défaisant et travaillant sans fruit.
Puis ayant tout brouillé, recommençant encore.

D'abord c'était la décevante aurore,
Nous promettant le bonheur d'un beau jour
Et ce bonheur il a fui sans retour ;
A peine on lui laissait un moment pour éclore.
On s'égarait à gauche, à droite, usant ses pas,
En s'élevant trop haut, puis s'abaissant trop bas.
Et changeant de couleur comme de politique.

Notre terrible république
Fonde la liberté, mais la couvre de sang.
L'empire, sa grandeur, son génie et sa gloire,
Déjà n'existent plus qu'au temple de mémoire
La restauration donna son drapeau blanc ;

Elle nous octroya la Charte,
Et Talleyrand nous dit : ceci,
C'est un principe, enfants, tenez vous y.
Mais d'autres se disaient, il faut bientôt qu'il parte,
Ce grand principe là, son chemin nous écarte.
Cependant ces Bourbons trop malheureusement,

A de mauvais conseils en proie,
Sans rien prévoir et témérairement.

S'avancent encor plus dans la mauvaise voie.
Soudain le peuple prit la résolution
    De par lui-même se conduire,
    Se mit en révolution:

   Et Talleyrand vint encore lui dire,
Ah! je me reconnais, ce n'est pas là du neuf,
C'est le principe émis lors de quatre-vingt-neuf;
Mais n'en faites pas plus, cela doit vous suffire.
Puis malgré son grand âge et son infirmité,
    Trop débile missionnaire,
    Du culte de la liberté,
Il s'en fut le soumettre aux puissants de la terre,
    A l'ambitieuse Angleterre.
    De notre longanimité
    On s'étonna; pourtant la France,
    Sans perdre de sa dignité,
Dit-on, fit entre nous, par sa condescendance,
    Cesser toute rivalité.
Les deux peuples vivant ainsi sans défiance
    Ont fait une belle alliance.
Ah! si c'est là pour nous une ancre de salut,
Qui donc aurait pensé que jamais cela fût?
En effet, cette côte est-elle un bon ancrage,
Pourrons-nous y tenir avec sécurité,
Ou bien y ferons nous un funeste naufrage?

Tous les esprits sont dans l'anxiété.
Déjà gronde sur nous l'orage politique !
    Nous sommes entourés d'écueils ;
On n'entend plus de cris d'allégresse publique ;
Nos pompes de Juillet n'offrent que des cercueils !
Et la position devient assez critique.
    S'il faut dire la vérité :
    L'enthousiasme de liberté,
La révolution dont le succès nous touche,
    Le tout est honni, regardé
    Comme une grande iniquité
Par les honnêtes gens de l'ancienne souche ;
Ajoutez leur l'anarchiste farouche.
Avec tant d'ennemis comment voir s'accomplir
    Les vœux de paix extérieure ?
    Et comment pouvoir maintenir
    Chez nous la paix intérieure ?
Du Ciel elle est la faveur la meilleure !
    Quiconque est juste en sait jouir !
    Le sommes-nous ? pouvons-nous l'être ?
    Lecteur ne réponds point peut-être ;
Je te dirai : nous ne le sommes pas.
Depuis longtemps nous tous avons franchi le pas.
    En France on est révolutionnaire,
Honnête je le crois ; mais n'en faisons mystère,

Mes chers amis, quand on est fort,
Qu'on veut avec honneur terminer une affaire
On doit toujours garder le même caractère;
Que l'on soit juste ou non l'on ne peut avoir tort •
Car vous savez quelle est la raison la meilleure.
    Mais il est vrai que tout à l'heure
    Le grand zèle se refroidit,
Que le beau mouvement du peuple s'engourdit
Quand il faut qu'il s'anime et qu'il se développe.
On rétrograde encore, et c'est comme j'ai dit
    Toujours l'œuvre de Pénélope!
Or vous n'agissez pas comme elle avec raison.
On sait qu'il ne faut pas que sa tâche finisse;
Elle attend, pour venger l'honneur de sa maison,
Un époux, un héros, l'inexorable Ulysse,
Et lui, dès son retour, sous des lambris sanglants,
Fait un carnage affreux des nombreux poursuivants
    Mais vous, malgré la sublime alliance,
    Que font entr'eux les rois, les empereurs,
    Ces gothiques conservateurs,
Pour leur ôter à tous à jamais l'espérance
    D'anéantir en ce pays de France,
Notre charte, nos lois, nos institutions,
Types contagieux des innovations,
Faites que le grand-œuvre aujourd'hui s'accomplisse.

Qu'un régime plus fort parmi nous s'établisse,
Qu'aux politiques droits on admette les gens
Qu'on reconnait vraiment intelligens,
Appartenant à toutes classes,
Afin de s'attacher les peuples et les masses,
De se créer des partisans nombreux,
En ranimant tous les cœurs généreux.
Ces droits chacun les revendique;
Des gens lettrés, des savants, des auteurs.
Des radicaux aspirants électeurs,
Tous veulent prendre part à la chose publique;
Mais de ceux-ci beaucoup rêvent la République.
Pour dire ma pensée, et de crainte d'erreurs,
Moi, j'emprunte à Thalie un beau discours comique :
J'imite Petit-Jean parlant dans *Les Plaideurs.*
Souffrez, lecteur, que je m'explique :
Quand le chaos de l'univers physique
Etait, je le suppose, en ébulition,
Dieu sépara d'abord à la création
Les ténèbres de la lumière.
Que n'a-t-il donc fini son œuvre tout entière!
En opérant la séparation
De la vérité du mensonge
Dans le pauvre monde moral.
C'était bien simple quand j'y songe!

Il pouvait nous doter de ce point capital

En nous créant une âme ayant horreur du mal ;

Non de ce mal qu'on nomme aussi la peine ,

De celui-là notre vie est bien pleine ,

On ne nous l'a pas épargné ,

Et l'homme en a parfaite connaissance.

Mais si la divine puissance,

En nous formant avait daigné

Nous accorder un sens qui nous fît reconnaître ,

Un véritable ami d'avec un fourbe , un traître ;

Le méchant d'avecque le bon ;

Les intrigants des personnages sages ;

Et l'honnête homme du fripon.

De ce don chacun sent les nombreux avantages.

Pourtant je forme là de ridicules vœux ,

Peu de mots font crouler ces vains échafaudages :

Dieu n'a pas créé l'homme afin qu'il fût heureux ,

C'est pour être éprouvé qu'il est sur cette terre ,

Où ceux-là seuls sont vertueux

Qui savent souffrir et bien faire.

Si cette vérité vous semble un peu sévère ,

Souffrez que je poursuive ici mes fictions.

Concevez-vous lors des élections,

Radicaux et marquis , barons et prolétaires

Dans de grandes réunions

Se regardant tous comme frères ?

Admirez ces individus

De bonne foi doués et de science infuse,

Agissant tous sans intrigue ni ruse,

Du beau droit d'électeur également pourvus,

Même à plus juste titre, et j'en demande excuse,

Que chez nous où l'argent le fait seul obtenir.

Aussi sont-ils capables de choisir

Pour les représenter les gens les plus habiles,

Des hommes d'élite et de cœur,

Ayant l'ambition, non de se rendre utiles

A leur famille, amis ou serviteur ;

Mais en se pénétrant de sentiments d'honneur,

De n'employer leur éloquence

Que pour le bien public, et prendre sa défense.

En ce séjour de tendres fictions

Les femmes ont reçu toutes dès l'origine

Les mêmes dons, comme je l'imagine.

Quelles charmantes unions

Se font parmi tant de perfections !

Voyez cette pudique et belle créature

Dont la vertu fait la parure,

S'allier avec l'homme adoré, radieux,

Non déchu comme nous, ni comme nos aïeux;

Le serpent et Satan sont sur lui sans puissance ;

Car il a conservé sa native innocence.

On ne voit que couples heureux ,

Et leur plus grande jouissance

Est de célébrer la naissance

De beaux enfants parfaits comme eux.

De ce bonheur on ne perd pas la trace,

Il se transmet de race en race ,

Pour en accroître les splendeurs.

C'est là qu'avec de loyaux électeurs,

Des couples heureux et fidèles,

On obtient par preuves formelles

De vertueux représentants ,

Pour diriger les affaires publiques,

Et de très dignes descendants ,

Aptes, par des droits authentiques,

A soutenir un jour les intérêts privés

Puisqu'ils en sont les représentants nés.

Ainsi, sans mouvements révolutionnaires,

En voyageant au pays des chimères,

J'ai fait voir florissant un régime parfait

Et représentatif complet.

Oui , la réforme électorale

Conduite avec discernement,

La fidélité conjugale ,

Au peuple un bon enseignement ,

Et les milices citoyennes
Forment les bases plébéiennes
De la régénération
Qu'on ne peut espérer qu'en cette région.
Car au monde réel à quoi doit-on s'attendre?
Quand tant de malheureux, envieux, ignorants,
Avec brutalité ne veulent rien entendre;
Que d'autres de nos droits défenseurs apparants,
Pour leur intérêt seul se sentent l'ame tendre,
Que les honnêtes gens restent indifférents,
Laissent agir les intrigants,
Si bien que nulle part on ne sait se défendre
De succomber à la séduction,
Qui par degré produit la dépravation.
Pourtant je veux ici vous faire à tous comprendre
Combien c'est aggraver notre position.
Quand, au mépris des droits qui semblaient légitimes,
On a frappé d'exil de royales victimes;
Qu'on doit, pour motiver cette convulsion,
Comme réforme offrir la révolution;
Qu'on se dit affranchi du joug pesant d'un maître:
Que le peuple en ses chefs n'a plus l'antique foi,
Qu'on veut qu'il obéisse au pouvoir de la loi;
Par de sévères mœurs faites le donc renaître,
Ce n'est qu'en s'épurant qu'on le verra grandir !

C'est à ce but que par un innocent mensonge,
J'essaie en vain de faire parvenir.

Les désordres où l'on se plonge,
A vous plaire ont su réussir.
Il me faut vous rendre les armes.
Votre frivolité pour vous a tant de charmes !
Peut-être aussi pour moi ; cependant je suis vieux.

Il serait bien temps d'être sage !
Je l'avouerai je manque de courage ;
Combien le monde encore a d'attraits à mes yeux !
Surtout quand je vous suis dans notre capitale,

Ville célèbre et libérale.

Tous les rangs y sont confondus,
Le bon ton le bon goût en sont plus répandus.

On y vise aux belles manières,
A celles là qu'on nomme cavalières,

Je n'y vois qu'élégants parfaits,
Des contours accusés, la barbe, les gants frais

Font l'ornement de leur toilette ;
Le parfum du cigarre en tout lieu la complète.

C'est là qu'un sexe si charmant
Peut encore plaire à tout âge ;
Des ans il sait nous rendre invisible l'outrage
Le réparant par l'art miraculeusement.
La plus simple bourgeoise est élégamment mise,

Il semble en elle voir au moins une marquise ;
  Elle en a le ton nonchalant,
Et quelquefois aussi le regard insolent.

  Le plébéien prend un air gentilhomme,
   Il est chasseur, jamais ne ment,
  Et son discours n'a rien qui vous assomme.
Les jeunes gens y sont de vrais enfants gâtés,
Livrés à des excès qu'avec faiblesse on nomme
   Accès de charmantes gaîtés.
   Or cette grande tolérance
   Produit une extrême licence :
   C'est l'abus de nos libertés.

Voyant tous ces galants d'intrigues agités,
Diogène ébahi, moi je cherche un brave homme
Ayant l'air raisonnable et ne voulant tromper ;
Je l'aborde, il me dit : il ne faut t'occuper
   De ce beau monde qu'on renomme ;
   Ces merveilleux pleins d'amabilité
   Jugent de tout avec légèreté.

La révolution pour le peuple entreprise
Par eux ne parait pas avoir été comprise,
Ils n'en conçoivent pas toute la gravité ;
  Leur politique étant de circonstance
   Ils savent tous avec prudence
   Ou s'avancer, ou reculer.

Ayant une complète et belle indifférence
Pour le rang, l'avenir que doit avoir la France,
    En souriant on les voit en parler.
Mon discoureur poursuit : mais pour nous consoler,
Il est d'autres français peut-être moins aimables ;
A tous nos ennemis un peu plus redoutables.
Par ce peuple loyal, probe et laborieux
La révolution est prise au sérieux ;
      A son drapeau toujours fidèle
   Sans croire atteindre à la perfection
     Il est plus près de ton modèle
     Que ces gens à prétention ;
En lui seul est la force et l'appui de la France ;
     Il aime l'ordre avec la liberté.
     Une liberté sans licence
     Se reposant sur la puissance
     De la raison, de l'équité,
Sachant, en évitant des vices la souillure,
     Rendre à l'homme sa dignité
   Sans lui ravir les droits de la nature.
Pendant qu'à ce discours je prête attention,
Que j'allais demander : avez-vous l'assurance
Qu'il est beaucoup de gens de cette trempe en France?
Tout-à-coup le public entre en émotion ;
    Des bruits précurseurs de la guerre

Forcent mon causeur à se taire.
De tous côtés, dit-on, nous sommes menacés
Par une ligue générale,
On ose recourir à la force brutale !
Si des sentiments opposés
A tous ceux que j'ai supposés
Animent les grandes puissances,
Et détruisent nos alliances;
Si ces sublimes rois, veulent tout asservir
Aux caprices du bon plaisir,
Hommes trop imprudents ! le pouvoir arbitraire
Sera fatal à votre ambition
Voulant tout comprimer craignez l'explosion.
Le genre humain devient révolutionnaire.
Déjà l'on voit les peuples se troubler
Et sous leurs pas on sent le sol trembler;
C'est la France élevant la puissante bannière
De notre révolution
En s'avançant dans la carrière :
C'est l'immense volcan faisant éruption,
C'est une guerre frénétique,
Les peuples imitant les barbares d'Afrique
C'est la réunion des plus affreux fléaux ;
L'univers est en feu, c'est l'horrible chaos !
F ut-il nous effrayer de sinistres présages

Ou profitera-t-on des leçons du passé ?
Les peuples et les rois deviendront-ils plus sages ?
Menerons-nous à bien l'ouvrage commencé.

De ce grand drame, amis, qui se prépare ?

La presse en est à l'exposition,

Ne l'interrompons pas dans sa narration ;
Il faut qu'à chaque page y brille un esprit rare,

Sage, doué d'impartialité

Et d'amour de l'humanité.

Qu'elle offre de la paix les riantes images,

En redisant ses nombreux avantages,

Et qu'elle oppose à ces tableaux

L'horrible guerre et tous ses maux.

Laissons des écrivains s'évertuer la plume :
Quand le repos du monde est mis en question,
Ce n'est pas en deux mots que le fait se résume.

En attendant, prenons position ;

Agissons tous avec prudence ;

Ayons pour nous l'opinion.

Il ne faut pas trop tot que l'action commence ;
Mais qu'on le sache, et disons-le d'avance :

La liberté ne succombera pas ;

Partout pour la défendre on armera des bras.
La révolution devient plus incomplète,
On nous reporte à son commencement.

C'est là ce que produit des rois l'aveuglement!
La France supportait le poids d'une défaite,
De prendre une revanche ils offrent le moment.
Ah ! ce ne sera plus seulement pour la gloire
Qu'on nous verra courir à de nouvaux combats ;
On entendra ce cri de lugubre mémoire,
Ce cri des mauvais jours que retrace l'histoire :
«La liberté pour tous ou le trépas ! »
Quant à nos ennemis ils se disent tout bas :
De la raison humaine étouffons le beau rêve
       Par une grande invasion ;
       A la civilisation
       N'accordons ni repos, ni trève.
Car, bénins souverains ce sont là vos discours.
Avant que son progrès devers vous se répande
     Vous espérez en arrêter le cours.
     Combien votre méprise est grande :
     Si vous craignez des principes français,
     Même pendant les jours heureux de paix,
     De voir croître la propagande ;
Sachez que par la guerre on la verra grandir.
Votre effroi ne doit donc de sitôt s'affaiblir.
Oui, les déchirements qu'éprouvera l'Europe
Ne pourront arrêter la marche et l'action
      De la civilisation ;

Et ce ne sera plus l'œuvre de Pénélope ,
Car on terminera la révolution.
Ou bien ouvrez, grands rois , les yeux à la lumière,
Aux besoins de ce siècle il vous faut compâtir.

    Daignez du monde embellir l'avenir ;
Accomplissons les vœux de l'abbé de Saint-Pierre :
Soyons amis, léguons à la postérité
    La paix avec la liberté !
Mais on me dit, sorts donc du monde imaginaire ;
De convertir les rois, vas c'est pure chimère.
Sache enfin ce que c'est que la réalité :
Bientôt pour l'intérêt de familles princières
On verra s'égorger des nations entières,
Et les peuples auront cette stupidité
Eux-mêmes de s'armer contre leur liberté.
Comme leurs chefs sont tous âpres à la besogne !
L'Egypte et la Turquie auront bientôt le sort
    De la malheureuse Pologne ;
Par eux ces deux états sont voués à la mort !
Mais de religion ils ne font point parade,
Ce n'est comme jadis une sainte croisade :
Débonnaires héros ! s'ils semblent protéger
    Cette riche et classique terre ,
Admirez leur adresse en cette grave affaire ,
    C'est pour plus tard entr'eux se partager

Cet odieux pays tout peuplé d'infidèles.
Vraiment ce sont, chrétiens, de vertueux modèles !

Si cependant, pour un peu reculer
De ces peuples les funérailles,
La France à ce conflit veut un jour se mêler,
Il faudra s'expliquer sur des champs de batailles.

Elle y saura tout haut parler !
Là ce ne sera point agir avec mystère
Envers un allié, comme a fait l'Angleterre.
Cette défection est pourtant un malheur ;
S'en affliger n'est pas montrer de la frayeur.

Une juste douleur est maintenant permise.
Nous n'aborderons point à la terre promise !

Ah ! regrettons les précieux bienfaits
Que répandait partout la paix !
Au nouveau monde il est des régions sauvages ;
Quoique sous le soleil brûlant de l'Equateur
Il y règne sans cesse une humide chaleur ;
Insalubres climats et funestes rivages !
Le sol est tout couvert d'immenses marécages ;
L'eau fangeuse et fétide est en stagnation,
Ou déborde en noyant la végétation.
On ne peut habiter encor ces tristes plages :
Une mortelle exhalaison

S'élève du vaseux limon.

    Jamais sous des épais ombrages

    On n'entend là de doux ramages;

Pour seul concert on a les sourds bourdonnements

Des insectes ailés et les croassements

D'aquatiques oiseaux faisant leur nourriture

D'animaux pullulant dans cette bourbe impure.

Parmi leurs cris discords percent des sifflements,

    Sinistre voix d'un peuple de reptiles!

    Mais lorsque l'homme intelligent

Sait aider la nature et devient son agent,

Que, par de grands travaux ingénieux, utiles

A l'onde il rend enfin la circulation,

Et fait renaître ainsi la végétation,

Le cloaque se change en campagnes fertiles.

Tout cède à ce génie, il abaisse les eaux

Sous les champs, les guérets créés par sa puissance.

Le désert semble fuir partout où l'homme avance!

Sans crainte alors voguant sur de vastes canaux,

Parmi des prés fleuris son regard se promène

Sur les fraîches beautés de son nouveau domaine.

    Qu'entends-je, hélas! on me redit ces mots :

    Cesse de croire à tes chimères;

On va te retracer des humains les misères!

Vois l'innocence en proie à la corruption;

Des passions l'ivresse et leur déception
Produisant le suicide et le remords qui ronge,
Des principes l'absence! un grand amour de soi
Bannissant d'entre nous l'accord, la bonne foi;
L'ignorance abreuvée aux sources du mensonge,
Sourde à la vérité, déifiant l'erreur (1);
La liberté toujours par elle compromise.

    Mais pour encore augmenter la stupeur,
Tandis que des partis la fureur nous divise,
      L'insatiable ambition,
   Sur notre race à tant de maux soumise,
Ramène des fléaux l'épouvantable crise,
Dans ce cercle maudit de désolation
Du malheur parmi nous le tourment se prolonge;
Par des guerres sans fin, leurs dévastations,
Les pillages affreux et les contagions.
Pendant que l'homme ainsi dans la douleur se plonge,
Il obtient quelquefois pour consolations
De gloire une fumée et de bonheur un songe!
J'ai voulu présenter en ces divers tableaux
L'emblême des progrès de la raison humaine
Dispensant le bien-être en échange des maux;
Puis j'ai voulu surtout offrir à votre haine

(1) Les Saint-Simoniens, etc.

Les crimes des pervers rivant la lourde chaine
        Qui pèse sur l'humanité :
        Désolante fatalité !
Faut-il dire aujourd'hui comment notre patrie
        Foyer d'ardentes libertés
Qu'ils veulent étouffer de peur de l'incendie,
Verra naître la guerre et ses calamités?

        Lorsque l'honneur est plus cher que la vie,
Que pourtant du calice on fait boire la lie,
        Que ce breuvage est un poison
Qui fait gonfler le cœur et perdre la raison.
Qu'un allié perfide, astucieux et traitre
Profite et s'applaudit de notre abaissement;
Et quand nous gémissons dans cet isolement,
        On entend dire éloquemment
Que de l'humanité le bonheur va renaître,
Nos ennemis en concluront vraiment
Que pour la rendre heureuse à part nous devons être,
Tant nos principes sont dangereux à connaître?
Ils nous adresseront ce charmant compliment.
Les puissances feront un beau raisonnement :
Ce serait déranger d'Europe l'équilibre
Que d'y mettre le poids d'un peuple fort et libre.
Mais quand viendra le bon moment !...
Envers cet allié qui maintenant nous raille

Nous userons de réprésaille,
Aux armes il faudra courir,
Par les combats reconquérir
Cette antique prépondérance
Que sur l'Europe avait la France.
De l'insulte il nous faut la réparation,
Pour reprendre le rang de grande nation.

Conclusion.

L'Angleterre et la France
Ont toutes deux eu la puissance,
Après des révolutions
Et de grandes convulsions,
De parvenir à se soustraire
Au joug du pouvoir arbitraire.
L'une à l'autre n'a fait défaut
En se mettant à cet ouvrage ;
Car on a vu mourir deux rois sur l'échafaud.
De nos histoires c'est une vilaine page !
Ces deux peuples ayant conquis leur liberté
Furent pourtant avec prospérité
Longtemps chacun soumis au pouvoir d'un grand homme.

Après divers événements
Sont arrivés d'étonnants changements
De dynastie, et pour tout dire en somme,
Ils ont suivi les mêmes errements.

Souvent on y parlait d'amour de la patrie,
De beau gouvernement, prodige de raison!
On les croyait entr'eux unis par sympathie.
Mais l'un des deux toujours use de trahison
Quand dans son intérêt il croit devoir le faire.
A ces traits on connaît l'odieux caractère
Du gouvernement d'Angleterre.
Voilà ce qu'a produit cette perfection
De la civilisation
Dont on éblouissait la terre.
Mais c'est une dérision.

De nos longues erreurs faisons l'aveu sincère;
Disons que les progrès du pauvre genre humain,
Par nos exemples sont en fort mauvais chemin;
Que nous l'invitons à mieux faire.
Et que pour obtenir un bonheur pur, certain,
Nous imiter en tout paraît peu nécessaire.
Ayons une doctrine et plus saine et plus claire,
Ne mélons pas l'ivraie avecque le bon grain
Les sublimes élans d'un généreux courage
Et quelques vertus en partage
Ont illustré le nom français;

Pour conserver cet antique héritage,
A de certains voisins ne ressemblons jamais !
Un esprit de trafic, l'amour de l'opulence,
Animent seuls ces belliqueux Anglais.
S'allier avec eux c'est manquer de prudence ;
C'est contre soi préparer les succès
D'ambitieux et dangereux projets.
De cette nation l'adroite politique
Ressemble à cette foi punique
Signalée autrefois par le peuple romain.
En agissant avec un effrayant mystère,
Elle règne sur l'un et sur l'autre hémisphère ;
Le monde entier devient son tributaire,
Et pour mieux réussir enfin
De haine elle répand en tous lieux un levain.
Ah ! proclamons des principes contraires !
Il faut pour nous et pour notre prochain
Que du pouvoir de ces fiers insulaires
Arrive bientôt le déclin.
Peuples, un jour en nous vous aurez confiance,
Nous formerons contre eux une grande alliance !
Ce vaste empire usurpé sur les mers
Est moins qu'un autre à l'abri des revers.
Sur la vieille machine ronde
Est-il donc rien de moins stable que l'onde ?

Du haut d'un roc on voit sans s'émouvoir

    Les flots soulevés par l'orage

Se briser écumants aux rochers du rivage.

Le Trident de Neptune a perdu son pouvoir,

Il ne peut préserver d'un désastrueux naufrage.

Du genre humain la force est sur les continents ;

Entr'eux il veut avoir de libres mouvements,

Et saura s'affranchir de vains empêchements.

Oui, les destins qu'ont eus Tyr, Venise et Carthage,

Pour l'Angleterre sont d'un funeste présage,

Des peuples sa ruine est le plus doux espoir !

Déjà cet avenir se laisse apercevoir.

    Nations, reprenez courage !

    La justice et la vérité

Feront un jour chérir la liberté.

www.ingramcontent.com/pod-product-compliance
Lightning Source LLC
Chambersburg PA
CBHW060836180626
46818CB00004B/1473